NINA

DIE STERNE SIND DEIN SCHICKSAL

NINA
the starry bride

1

Rikachi

Inhalt

Es ist das zweite Mal, dass ich von ihm getötet werde.
Aber ich wünsche mir zumindest noch einen Blick ...
Bringt die Verbrecherin herein.
Ist es dir bewusst?
Nur noch einen Blick ...
Du hast eine schwere Sünde begangen.
Ja.
Bitte schau mich an.

[Erste Nacht]

Der Ursprung der Sünde

Nina

Die Sterne sind dein Schicksal

Die Burgstadt Daya im Königreich Fortuna.
Haltet den Dieb!
Na warte!
Hah
Hah
Hah
Hah
Nina!
Hier entlang!

Wusch
Tapp
Nina!
Ist alles okay ?!
Hast du's gesehen?!
Das war richtig cool, was?
Schmerz
Tu nicht so stark.

Nina! Saji!
Gut, dass ihr zurück seid.
Colin, wie fühlst du dich? Kannst du schon aufstehen?
Ja, mir geht's schon besser.
Wie sieht die Beute aus?
Hier wohnen wir zu dritt und schlagen uns durchs Leben. Ab und zu leihen wir uns Goldwaren von reichen Leuten aus, so wie heute.
Voilà!
Natürlich geben wir sie ihnen nicht zurück.
WOW!
Im Zuge einer Epidemie gab es vor fünf Jahren sehr viele Tote.
Damals haben wir unsere Familien verloren. Und uns blieb irgendwann keine andere Wahl mehr, als unser Brot zu stehlen.
Saji und Colin sind Brüder.
Mann, hab ich einen Hunger!
Da ist ziemlich viel drin.
Hey, Nina.
Schau mal!

Das Amulett hat dieselbe Farbe wie deine Augen!
Genau wie der tiefblaue Himmel vor der Morgendämmerung.
L... Lass das.
Schade, dass du deine Augen immer versteckst. Sie sind doch so schön!
Dummkopf! Wenn Menschenhändler sie zu Gesicht bekommen, wäre Nina in Gefahr!
Ihre Augen sind etwas ganz Besonderes.
Reiche Leute würden ein Vermögen dafür zahlen, sie in ihre Hände zu bekommen.
...
Nina, behalt du das.
Aber ...
Es wird dir sicher stehen.

Ich brauch so was nicht !!
Danke.
Colin, hier ist Honigwein für dich. Trink!
Sssrt
...
Willst du es schon ablegen? Dabei sahst du so gut damit aus.

?
Grins
Grins
Hör auf mich zu hänseln! Vollidiot!!
Das Ding steht mir überhaupt nicht!!!
Zappel
Zappel
...
Ich werd jetzt ko-chen!
Was ?!
Bitte nicht! Dein Essen schmeckt fürchter-lich!
Lass mich das machen! Bitteee!
Halt die Klap-pe!
Wir waren zwar hung-rig und sehr arm, aber wir hatten immer Spaß zusammen.

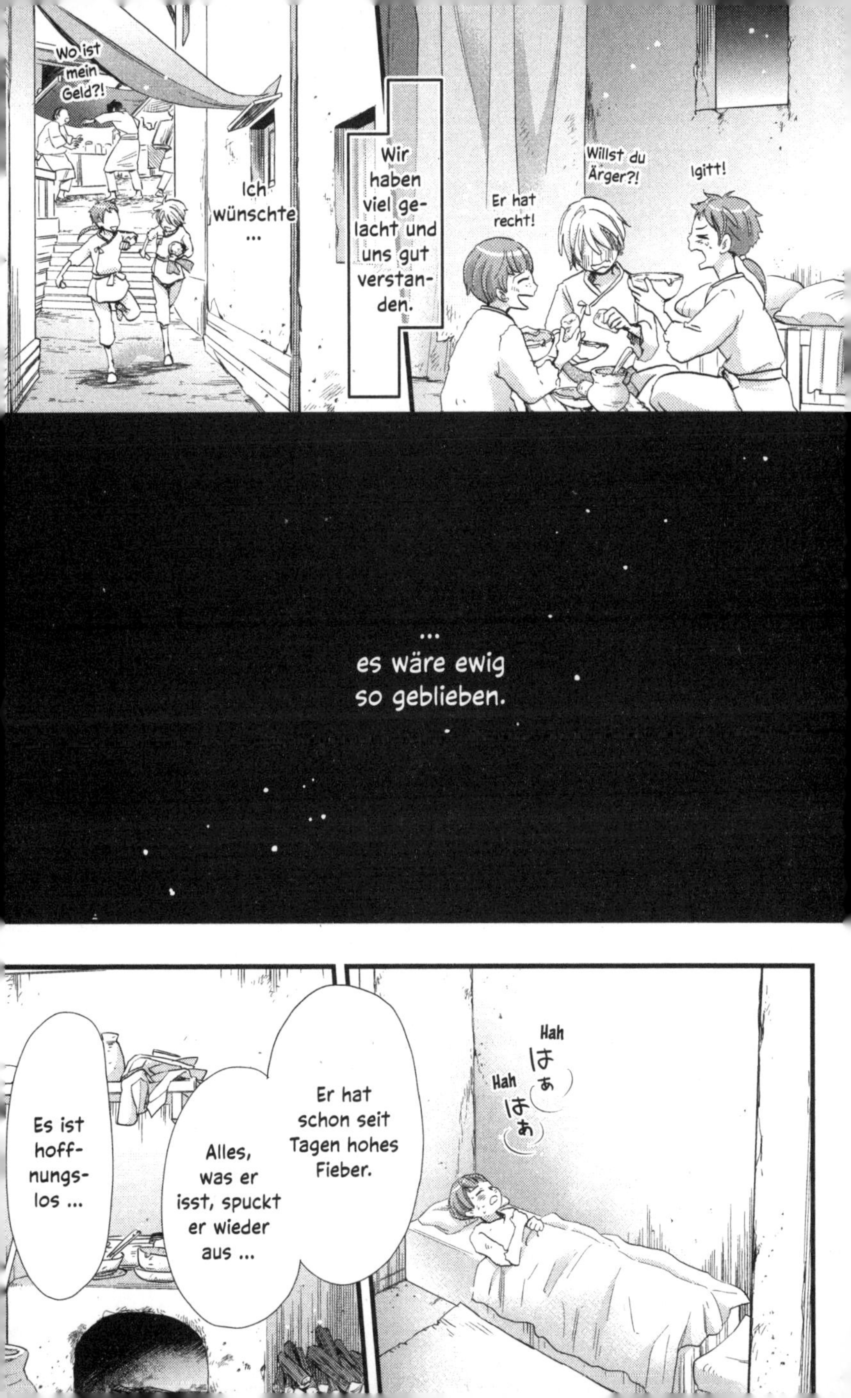
Igitt!
Willst du Ärger?!
Er hat recht!
Wir haben viel gelacht und uns gut verstanden.
Ich wünschte ...
Wo ist mein Geld?!
...
es wäre ewig so geblieben.
Hah はぁ
Hah はぁ
Er hat schon seit Tagen hohes Fieber.
Alles, was er isst, spuckt er wieder aus ...
Es ist hoffnungslos ...

Was redest du da?! Noch besteht Hoffnung!
Wir müssen ihn nur zum Arzt bringen ...!
Und wo kriegen wir das Geld her?
Es gibt keinen Ausweg!
Das nennt man wohl »unter einem schlechten Stern stehen«.
Arme Leute stehen unter einem schlechten Stern.
Reiche Leute stehen unter einem guten Stern.
Bei der Geburt steht schon fest, wie das Leben aussehen wird.
Aber ...

Das stimmt nicht ...!!
Wir werden es auch irgendwann schaffen!
Irgend-wann?
Ich weiß nicht mal, ob Colin morgen noch am Leben ist!
So was Ober-flächliches kannst du nur sagen, weil er nicht dein echter Bruder ist!!
Mach doch, was du willst! Dann versuch ich's halt alleine!
Voll-idiot!

Wenn du wieder versuchst zu klauen, kannst du was erleben!! Verstanden?!
Rotzbengel!!
Ich bin der Idiot.
Es muss hart für Saji sein.
Colin ist ja sein Bruder.
Blaue Augen wie kein anderer ...
Ich bin und bleibe einsam ...

Gibt es denn niemanden ...?
Plopp
Plopp
Plopp
Plopp
Niemanden, der mich in die Arme nimmt ...?
Lasst mich nicht allein ...
Bitte ...
Vater ... Mutter ...
Plopp
Plopp

Fssschh
Und die Prinzessin ...?
Diesen Sturz hat sie wohl kaum überlebt.

Wer zum Himmel ...
... hätte das vo-raussehen können.
Was sollen wir tun?
Niemand darf von diesem Vorfall er-fahren.
Uns bleibt keine andere Wahl ...
Wir müssen ein Double für sie finden.
...

Alicia
...
ザッ
Fssshh
...

Nina ...
Tut mir leid, was ich zu dir gesagt habe ...
Oh ...
I... Ich muss mich auch bei dir entschuldigen ...!!
Es tut mir leid!
...
Hast du kurz Zeit?
Es gibt einen Ort, den ich dir zeigen möchte.
Na klar!!

Meinst du dieses Haus?
Wieso? Du willst doch nicht etwa hier einbrechen ...?
...
Weißt du, wir können nicht ewig so weiterleben.
Weder ich noch du.
Saji?
Mir ist endlich klar geworden ...
... dass das der beste Weg ist.

Was …
… geht hier vor?
Quietsch
Es tut mir leid. Nina.
Schreck

Er hat mich ver-kauft!
Tapp
Das sind Menschen-händler!
Ah!
Domm

Ugh ...
Sei nicht so grob. Wenn du ihn verletzt, ist alles umsonst.
Saji ...
Verzeihung, Herr.
Saji ...
Saji ...
Wieso?
Warst du so sauer? War ich dir ein Klotz am Bein?
Weil Colin nicht mehr hier ist ...?
Mein Herz ...
Heult dieser Knirps?

Er fürchtet sich sicher vor uns.
Er scheint noch ein Kind zu sein.
Na, wen schert das.
Es tut so weh ...
Haupt-sache, er hat die ver-sprochenen Augen.
Pack
Hey, zeig deine Augen her.
Ah!

Tat säch- lich ...
Goldene Augen ...
Sie sind wahrhaftig blau.
Wie die Augen eines Biests ...

Dieser Gestank ist allerdings nicht auszuhalten.
Zieht ihn aus und gebt ihm was Vernünftiges zum Anziehen.
Ja-wohl.
Was ...?
Neein!!
Lass mich los!
Hamm
Autsch!
Dieser Bengel!
Warte!!
... Wie nervig ...

Mach uns nicht mehr Arbeit als nötig!
Halt still, verdammt noch mal!
Wir wollen doch nur die dreckige Kleidung wechseln!
Nein!
Mist!
Ratsch
Lass mich looos!!
Ich will nicht!!
Hör auf !!
Neeeiin !!!

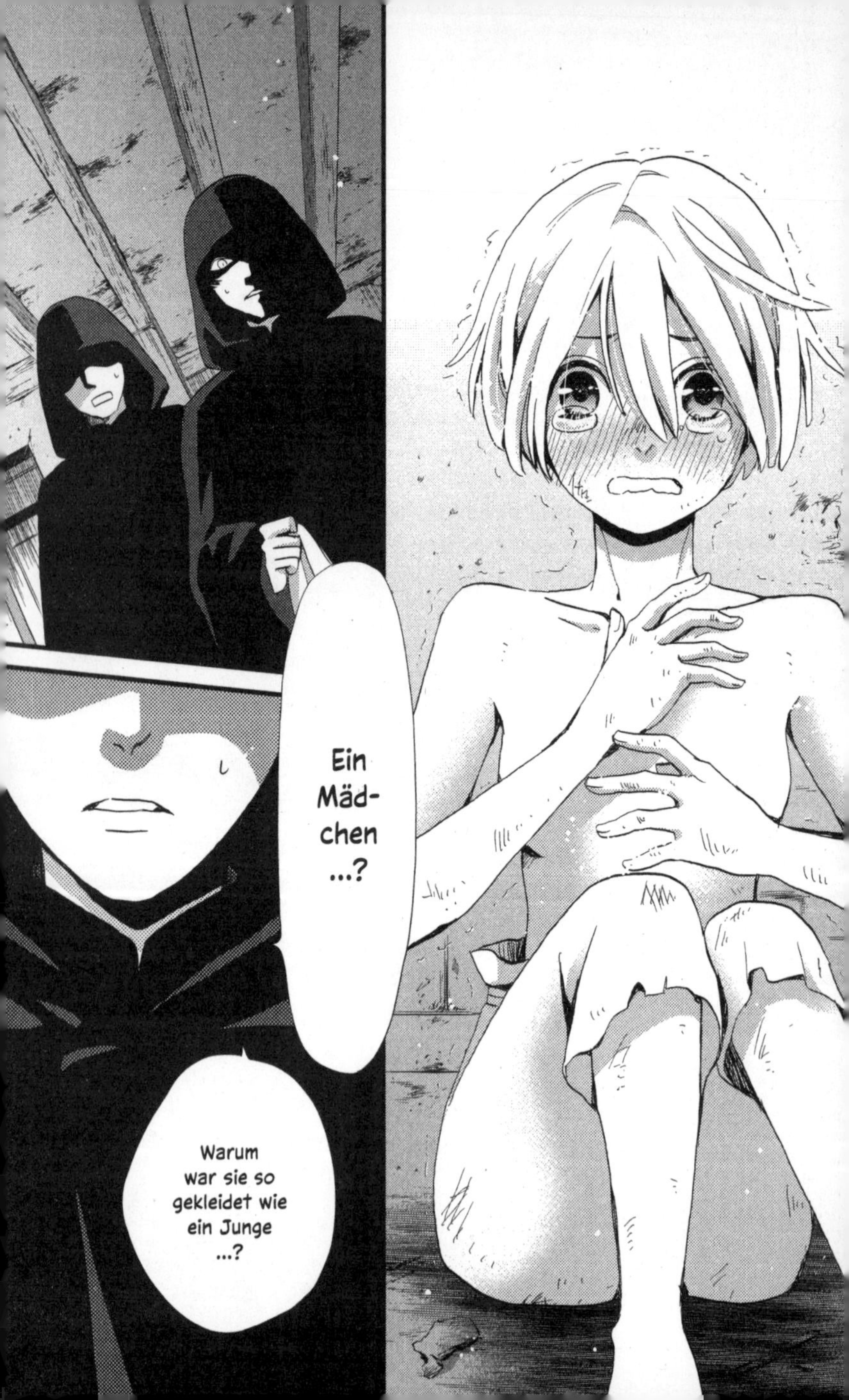
Ein Mäd-
chen
...?
Warum war sie so gekleidet wie ein Junge ...?

Ein Waisenkind mit diesen Augen ...
Sie wollte sich wohl vor Menschenhändlern schützen.
Wollen wir sie trotzdem mitnehmen?
Ja, selbstverständlich.
Das kommt uns sogar sehr gelegen.
Mit ihr brauchen wir kein weiteres Double mehr zu suchen.
Hey ... Mädchen.
Schreck
びくっ

Du wirst heute sterben ...
... und ...
... danach ein neues Leben als Prinzessin führen.

Bamm

Tapp
Tapp
Tapp
Halt!
Warten Sie!!
Fangt mich doch, wenn ihr könnt!
Ritsch

びたーん
Klatsch
Was soll dieser Aufruhr?
Au, das tat weh ...
Klock
コツ
Hm?
Hören Sie ...
Eure Hoheit!

Bist du wirklich dieser dreckige kleine Knir...
Du mit den goldenen Augen! Du hast mich entführt!!
Auch wenn du herausgeputzt bist, ändert sich dein Charakter wohl nicht ...
はーっ
Hach
Was dagegen?!
Warum hast du überhaupt ...
Runter!
Auf die Knie!
Ich dulde keine Widerworte.
Ab heute übernimmst du die Rolle von Alicia, der Prinzessin dieses Königreichs.
Eine Prinzessin mit tiefblauen Augen, ähnlich denen der Sternengötter.

In den folgenden drei Monaten lernst du die Manieren einer Prinzessin und zierst deinen Körper mit prunkvollen Kleidern.
Und dann wirst du den Kronprinzen des König-reichs Galga-da heiraten.

Allerdings darf niemand erfahren, dass du ein Double bist.
Das ist deine Mission.
Hast du mich verstanden?

パー
Pamm
ぱしっ
Pack
Mag sein, dass du Macht und Einfluss hast, aber ...

Ich hab keine Angst ...
... denn ich habe nichts mehr zu verlieren.
Du bist hier derjenige, der um etwas bittet!
...
Willst du mir mit dem Schwertgriff drohen?
Oh!

Erröt
W... Wie auch immer! Du hast kein Recht dazu, mir Befehle zu geben!
Goldauge!! Wer bist du überhaupt?!
Wenn du mir nicht mal deinen Namen nennen kannst, geh ich nach Hause!!
Hast du denn überhaupt ein Zuhause?
Was zum ...?!
Na gut ...
Deinen Einwand nehme ich zur Kenntnis.
Ich entschuldige mich dafür, dass es mir an Höflichkeit fehlte.
Das soll eine Entschuldigung sein?
Prinzessin.
Vor dir steht dein Mentor ...
... und Herr während dieser drei Monate.

Ich bin der zweite Prinz des Königreichs Fortuna …
Azur Ces Fortuna.

NINA

DIE STERNE SIND DEIN SCHICKSAL

Der Typ, den ich für einen Menschenhändler hielt, sagte:
»Ab heute übernimmst du die Rolle von Alicia, der Prinzessin dieses Königreichs.«
»Und dann wirst du den Kronprinzen des Königreichs Galgada heiraten.«
Als Double der verstorbenen Prinzessin Alicia ...
... wohne ich im Königspalast ...
... und trage prunkvolle Kleider.
Eine wundersame Geschichte wie in einem Märchen ...

[Zweite Nacht]
Die verlogene
Audienz

Aber die Realität hatte ganz und gar nichts von einem Märchen.
Wie oft soll ich es dir noch sagen?!
So ganz ohne Betonung ...
... sagt man nicht »Jawohl« !!
Noch einmal!!
Jawohl!
Bamm
Grrr
Dieses Goldauge! Schon seit dem Morgen ...
... lässt er mich immer und immer wieder dasselbe wiederholen!!
Dieser Schuft!!!
Was soll dieses Gesicht ...?
Er meinte zwar, er sei ein Prinz, aber wie soll ich ihm das glauben?!
Dieser Menschenhändler! Betrüger!
Er schmiedet eine Intrige!
Und dazu will er ...
... mich ausnutzen!!!

Dein Gelaber geht mir zum einen Ohr rein und zum anderen wieder raus.
Außerdem kann ich nicht einmal lesen und schreiben.
Es ist sogar das erste Mal, dass ich ein Buch anfasse.
Pah
Darum spreche ich dir einfache Sätze vor, die du nur wiederholen musst.
Außer-dem müssen wir uns be-eilen.
Und warum?
In drei Tagen wird eine Audienz beim König stattfinden.
Eine Audienz?!

Heißt das, dass ich den Kö- nig treffen werde?
Ist das nicht ris- kant?!
Oder weiß er, dass ich ein Double bin?!
Du hast nur dieselbe Augenfarbe wie sie.
Bin ich dieser Alicia echt so ähnlich?!
Nein, überhaupt nicht.
Ganz und gar nicht.
Was?
Prinzessin Alicia war die Tochter der verstorbe- nen dritten Königin.
Da kurz nach ihrer Ge- burt beschlossen wurde, dass sie die Nachfolge der Sternenpriesterin antreten wird, ist sie im fernen Sternenpalast aufgewachsen.
Sternen- prieste- rin ...

Was wollen wir uns in diesem Jahr wünschen?
Ohne Laterne?
Ach, hätten wir nur Geld.
Letztes Jahr mit Saji und Colin ...
Schau, Nina.
Jedes Licht steht für einen Wunsch.
Hier gehen die Wünsche in Erfüllung, weil die Sternenpriesterin für uns betet.
Das Sternenfest ...
Als ich noch klein war, war ich mit Vater und Mutter auf dem Fest ...
Nach der Tradition wird jede neue Priesterin auf dem »Sternenfest« vorgestellt, sobald sie 16 Jahre alt ist.
Es wurde jedoch kürzlich beschlossen, sie vom Priesterstand zu entbinden, bevor sie ihr 16. Lebensjahr erreicht ...
Für die Heirat ...
Dazu zählen auch wir ...
Deshalb sind nur die Bediensteten des Sternenpalasts und sehr wenige andere Menschen der Prinzessin direkt begegnet.
Bis dahin ist es ihr streng untersagt, den Sternenpalast zu verlassen.

Das bedeutet ...
... es wissen nur die Dienstleute des Sternenpalasts und sehr wenige Menschen, wie die Prinzessin wirklich aussieht.
Mach dir also keine Sorgen.
Sag mal, hörst du überhaupt zu?
Schreck
Ah ...
Äähm ...
Aber ...
Hach
Nun gut. Wenn du die Audienz erfolgreich bewältigst ...
... erfülle ich dir zur Belohnung einen Wunsch.
Grrr
Sei nicht so herablassend!
Wir flehen Sie an.
Es ist unsere Schuld, dass es so weit gekommen ist ...
Wir müssten dies mit dem Leben büßen.
Wah!
Also ...
Bitte haben Sie Erbarmen.
Was tun ...?
Dieser goldäugige Prinz geht mir zwar auf die Nerven ...
... aber die Dienstmädchen tun mir schon leid.

Noch einmal.
Aber ...!
»Ja-wohl!«
»Eure Hoheit!«
»Ich...«
Aber ...!
Trotzdem ...!
Es ist soooo anstrengend!!
Neeein!
Ich mag nicht!
Ich will nicht mehr!
Sie braucht etwas Erfrischung ...
Wozu das alles?
Wir machen eine kurze Pause.
Komm mit.

Wow!
Da ich die ganze Zeit in mein Zimmer einge-sperrt war, wird es mir erst jetzt bewusst ...
... ich bin hier wirklich im Königs-palast!

Dieser Duft ...
... kommt von ihm?
Ich frag mich, ob alle Adeligen so gut riechen.
Tun sie das von Geburt an?
Ganz anders als wir aus dem Slum.
Er ist jemand, dem ich eigentlich nie begegnet wäre.
Wie merkwürdig ...
Was hab ich hier zu suchen ...?

Das Königreich braucht deine Hilfe.
Gold-auge ...
Ich werde ...
... von je-mandem ...
... gebraucht?
Gebraucht ...

So ist
das also
...
Wow, das ist schön!
Sie sehen entzückend damit aus!!
Bitte machen Sie nichts falsch ...
Falls es ans Licht kommt, dass Sie ein Double sind, werden wir alle zum Tode verurteilt ...

Was ?!
Im Ernst ...?
Prinzessin Alicia ist hier.
Ihr Leben liegt in meinen Händen ...?!
Ach so ...
Hä?!
Oh nein!
Wir versuchen, den König zu betrügen.
Hier sind total viele Menschen ...
Das hat er nicht gesagt ...

»Es ist mir eine Freude, Sie kennenzulernen.«
»Eure Hoheit.«
Oh nein, meine Stimme bebt ...
Mein Hals ist total trocken.
Ich kann nur stockend sprechen ...
»Mein Name ist Alicia Ces Fortuna.«
Meine Tochter.
Du brauchst nicht so nervös zu sein.
Zeig mir dein Gesicht.
Erst jetzt ...
»Jawohl, Eure Hoheit.«
... bekomme ich Angst.
Das ist also ...

... der Herrscher dieses Königreichs.
Schluck
Es ist das erste Mal, dass ich ihn sehe.
Darf ich ihn überhaupt ansehen ...?
Was mach ich denn nur?
Oh, diese blauen Augen! Du bist wahrhaftig Alicia.
Bitte komm ein wenig näher.
So schöne Augen hat niemand sonst.
Ich kann mich gar nicht auf das Gespräch konzentrieren.

Verzeih mir, dass ich dich ...
... drängen musste, zurück in den Palast zu kommen.
A...A... »Aber nein.«
E...E... »Es ist mir eine Freude ...«
D... »Dass ich mich nützlich machen kann.«
Ähm ... Ähm ... Wie war das noch?
Ich danke dir.
Und entspann dich, du darfst ruhig lockerer sein.
Wenn ich mich recht erinnere, hatte ich deinen Halbbruder Azur beauftragt, sich um dich zu kümmern ...
Jawohl.
Bis zu ihrer Hochzeit werde ich sie behüten.
Hmpf
Ja, bei dir ist sie gewiss in guten Händen.
...

Da fällt mir ein ...
Es ist doch Tradition, dass die Sternenpriesterin zum 20. Geburtstag des Kronprinzen einen Tanz darbringt.
Vielleicht ...
... magst du diesen Tanz hier für meinen Sohn Mufulm vorführen?
Raun

Ein Tanz ...?
Bis zu seinem 20. Geburtstag ist es noch lange hin.
Es ist doch eine schöne Unterhaltung.
Was für ein Tanz ...?
Es wäre doch zu schade, wenn sie trotz jahrelanger Ausbildung zur Priesterin heiratet, ohne ein einziges Mal getanzt zu haben.
Findest du nicht auch?
Das hat er mir ...
... nicht beigebracht.
Das ist wieder typisch für die Königin.
Flüster
Sicher will sie Prinz Azur damit eins auswischen ...
Flüster
Die arme Prinzessin.
Möchtest du ihren Tanz nicht auch sehen?
Wenn sie heiratet, hast du nie wieder die Gelegenheit dazu.
Hmm ...
Du hast recht.

In Ordnung.
Führe uns den Tanz vor.
Oh nein ...
Oh nein ...
Äh ...
Also ...
Ich ...
Was soll ich denn nur tun?
»Um die Wahrheit zu sagen« ...
Ich ...
Ich kann nicht mehr ...
Es geht nicht ...

Das finde ich frag-würdig.
Azur ...
Die Prin-zessin ist noch nicht 16 und hat die Nachfolge noch nicht angetreten.
Es würde Prinz Mufulm beleidigen, so jemanden den Sternentanz darbieten zu lassen.
Dazu kommt ...
... dass der Prinz er-krankt ist und diesen Tanz nicht mit uns erleben kann.
Hmm ...
Nun ja ...
Stimmt auch wie-der ...

Die Prinzessin scheint sich nicht wohlzufühlen.
Ich begleite sie zurück auf ihr Zimmer.
Jawohl ...
Es ist schiefgelaufen ...
Zwar hat niemand unser Geheimnis gelüftet, aber ...
... ich hab ihn ...
... enttäuscht.

Ein Bett ohne Läuse ...
Ein großes, sauberes Zimmer ...
Kleidung, die nicht auf der Haut kratzt ...
Essen, das richtig gewürzt ist ...
Von Anfang an war mir dieser prunkvolle Ort unangenehm.
Genau!
Was geht es mich an, was mit den Leuten geschieht?
Sollen die doch ohne mich ihr Leben aufs Spiel setzen!
Nur weg hier!
Ab nach Hause!!

Nach Hause ...
Es tut mir leid.
Nina.
Nach Hause ...?
Hab ich denn ein Zuhause ...?
Raun
Raun
Ziemlich laut da draußen ...
Was ist da los?

Warum darf ich sie nicht in meine Obhut nehmen?!
Es tut mir leid.
Aber der Beschluss steht fest.
Die Prinzessin hat ihre Hochzeit vor sich!
Es wäre viel vernünftiger, wenn ich mich um sie kümmere.
Ganz gleich, was Sie sagen ...
... es ist der Wille des Königs.
Das ist doch ...
... die Königin.

Pah!
Der Sternengott ist ein Gott des Schicksals.
Unmöglich, dass ein Jüngling wie du ...
... sie in seine Obhut nimmt.
Denkst du etwa ...
... dass du als Sohn der ehemaligen Gemahlin des Königs ...
... das Recht dazu hast, den Thron zu beerben?
Nein.
Natürlich nicht.
Es ist allein mein Wunsch, diesem Königreich zu dienen.

»Das Königreich ...
... braucht deine Hilfe.«
...
Klapp
Die ehemalige Gemahlin ... Deine Mutter war eine sehr ängstliche Person.
Sie fürchtete sich immer vor irgendetwas.
Ganz im Gegensatz zu dir ...
Du solltest dir ein Beispiel an deiner Mutter nehmen!
Wusch
Platsch
ポチャン

Hoppla, mein Fächer ...
Es ist deine Schuld.
Hol ihn aus dem Teich.
Wa...
Was will die denn?!
Ich werde Ihnen sofort einen neuen Fächer besorgen ...
Ich sagte, hol ihn aus dem Teich.
Es ist heute ohnehin sehr heiß. Das perfekte Wetter für eine Erfrischung, findest du nicht?
...
...!

タッ
Tapp
ばしゃあん
Platsch

Wa...
Wa...
Wa...
Plätscher
ざぱ
Plätscher
ざぱ
Bitte sehr ...
... Eure Hoheit.

D...
Wie ...
Du ...
Wie kannst du es wagen ...?!
Zack
ばっ
Puh
ふ…

Lächel
Sie haben recht.
Das perfekte Wetter für eine kleine Erfrischung.
...
Prust

Azuuuur!!!
Eure Hoheit, wir müssen Sie umkleiden!
Oh weh!
Nein!
Wartet!
Sie erkälten sich!
Wir müssen uns beeilen!!
Rasch!
Ähm ...
Es ...
Es tut mir leid.
...
Irgendwie konnte ich nicht anders ...
Pack

Komm mit!
Wah!
Dytus! Kümmer du dich um den Rest.
Jawohl.
Oh-oh.
Das ist ungut.
Er ist stinksauer.
Und ich hab ihn klitschnass gemacht!
Äh ...
Also, ich wollte wirklich nur die Königin etwas ärgern ...
Er bebt vor Zorn!!

Ha …
Hä?
Er lacht!!
…
Oder doch nicht …?
Das …

Das hat ...
... gutgetan.
Ich wusste gar nicht, dass er auch lächeln kann.
ひっ Perplex

A... Aber ich ...
Ich hab bei der Audienz versagt ...
Ich muss mich umziehen.
Darauf war ich natürlich vorbereitet.
Es war zu erwarten, dass die Königin so etwas sagt.
Wie gut, dass sie so durchschaubar ist.
Hä ...?
Wo ist mein Handtuch?
Es kam mir sogar sehr gelegen, dass wir die Audienz verlassen konnten, bevor jemand was gemerkt hat.
Wie versprochen erfülle ich dir einen Wunsch.
Was wünschst du dir?
...
Ein Wunsch ...
Wunsch ...
Wunsch ...?

...
Lob mich.
Ich sagte, lob mich.
Prinz Azur, hier ist trockene Kleidung für Sie.
Aber mal so rich-tig.
Von ganzem Herzen.
Richtig? Von ganzem Herzen?
Was soll das heißen ...?
Prinz Azur. Sie ist schließ-lich noch ein Kind ...
Gehen Sie ein wenig sanfter mit ihr um.
Flüster
Hmm

Flapp
パサ
Wa...
Was ...?!
Patt
ポン
Gut gemacht.
Ich bin stolz auf dich.

[Dritte Nacht]
Das Geheimnis des goldäugigen Prinzen

Hey!
Trödel nicht rum und komm mit.
Kronprinz Mufulm des Königreichs Fortuna
Jawohl, Eure Majestät.
Kulleraugen!
Da ich der nächste König sein werde, muss ich das Schloss in- und auswendig kennen.
Es war daher meine Pflicht, mich dorthin zu begeben.
Das sagt er jetzt schon zum fünften Mal!!!
Vor einigen Minuten ...
Wo ist Prinzessin Alicia?

Sie ruht sich aus, weil sie sich nicht wohlfühlt.
Dann schließ lieber die Tür ab, damit sie nicht wie letztens ihr Zimmer verlässt.
Ach, menno.
Ich darf doch wohl kurz spazieren gehen.
Jeder braucht mal eine Pause.
Ist das wieder ein Befehl des goldäugigen Prinzen? Dieser Mistkerl!
Hmm?
Was macht der da ...?
Blick
Blick
Hm?
So bin ich ihm begegnet.

Was für eine Überraschung, dass er der Kronprinz ist!
Das ist also ihr Sohn.
Wer hätte gedacht, dass du aus dem Fenster kletterst?
Für einen Moment hielt ich dich für einen Dieb.
Es war schließlich der zweite Stock.
Nur wegen deiner blauen Augen hab ich dich erkannt, Alicia.
Die Farbe meiner Augen ist sehr selten.
Da ihre Augen dieselbe Farbe hatten ...
... wurde ich zum Double der verstorbenen Prinzessin Alicia.
Zerfetzt
Das ist aber ein Geheimnis, das nur die wenigsten Leute kennen.

Ich führe dich, wohin du möchtest.
Es gibt hier keinen Ort, den ich nicht kenne.
Wie wär's mit meinem Zimmer?
Du wirst staunen.
Hmm ...
Dann ...
... möchte ich hinter die Schwäche dieses dreckigen Prinzen kommen!
Pack
Prinz Azur.
Erlauben Sie bitte, mehr Soldaten an der Grenze Wache stehen zu lassen.
Prinz Azur, der Fürst von Luzio möchte Sie gerne sprechen.
Prinz Azur.
Es geht um die Sache ...

Er gibt Befehle …
M…
Mein Bruder muss mich ja auch unterstützen, wenn ich erst mal König bin.
Und Vater ist sehr mit Shatar beschäftigt …
Shatar
In ihrer Vorstellung
Das war vielleicht anstrengend.
Diese ungebildete Göre!
Mampf
Den Rest sollen die Dienstmädchen übernehmen.
Bringt Wein! Und hübsche Frauen!
Das ist ganz anders, als ich es mir vorgestellt hatte!!
Blick
Ups!
Der Prinz hat offenbar viel zu tun.
Ach was …
Ganz oft schwänzt er den Mittagsschlaf und den Nachmittagskaffee!!
Aber ich natürlich nicht! Wie vorbildlich von mir!
Aha!
Darum siehst du so aus wie alle reichen Herren.
S… Sei nicht so frech!
Braves Kindchen.
Wabbel
Wabbel
Ding
Dong
Oh, ich muss langsam zurück.

Hey!
W... Wenn du magst, dann führ ich dich auch morgen herum!
Dich interessiert doch, was Azur für eine Schwäche hat, oder?
Und ich will auch mal sehen, wie er versagt!!
Am nächsten Tag
Ooooh!
Sie haben gewonnen.
Er- staun- lich!
Keiner kann Sie schlagen.
...

Er ist weder schwach, noch versagt er ...
Azur muss eben stark genug sein, um mich zu beschützen ...
Wo ist Prinz Mufulm?
Es ist Zeit für seine Übungseinheit!
Angeblich liegt er wieder krank im Bett ...
Die Schwertkunst ist auch nicht seine Stärke ...
Na ja. Es wäre unfair, ihn mit Prinz Azur zu vergleichen.
Aber ich bin genauso stark! Ich bin schließlich der zukünftige König!
D... Das stimmt nicht!
Denk bloß nicht, dass ich schwänze ...
Hmpf
Ein König braucht nämlich kein Schwert!
Denn es ist letztlich die Pflicht meines Bruders, mich zu beschützen!

Mag er Azur etwa nicht?
Kein Wunder, die Leute loben auch nur ihn.
Natürlich hat selbst mein Bruder eine Schwäche!
Ganz bestimmt ...!
Er hält sie nur geheim !!!
Glaube ich ...
Ach so?
Okay!
Dann lass uns noch gründlicher suchen!!
Wir finden seine Schwäche und bringen ihn zum Schweigen !!
Waas?!
Na?
Wo könnte er sie versteckt haben?
Am nächsten Tag
...

Es ist vielleicht doch nicht so gut, dass wir einfach so durch das Fenster reinschleichen ...!
Zu spät!
Er mag es angeblich nicht, wenn jemand sein Zimmer betritt ... Na ja, ich als zukünftiger König darf natürlich ...
キィィ
Klatter
Ah!
Warte!
Verhält sich so eine Prinzessin?!
Na klar.
Das ist also ...
... sein privates Zimmer?
Hier gibt es ...
... vieles, was ich noch nie gesehen habe.

Ich fühle mich, als wäre ich in einem fremden Land.
Wie der goldäugige Prinz wohl hier seine Zeit verbringt?
Mein Bruder ist schon beeindru-ckend ...
Ver-wirrend ...

Mit 17 Jahren hat er bereits ein Regiment geführt ...
Ich hab ihn dafür so...
Mufulm ...
Du ...
Prinz Azur, sie sind zurück !
Schreck
はっ
Klatter
キィ…

Wusch
Ich muss dir ...
... wohl nicht nur Manieren, sondern auch Moral bei-bringen.
Quietsch
Ups!
Das ist mein Schlaf-zimmer.
Willst du denn nie erwachsen werden?
Als Frau ...
... solltest du dich schämen.

Was hast du hier zu suchen?
Außerdem ...
... hab ich dir doch verboten, herumzustrolchen.
Halt!
Es ist nur Zufall! Absoluter Zufall!
Es ist doch nicht das erste Mal, oder?
Er hatte uns bemerkt ...
Prinz Mufulum.
So höflich ...?
Bitte führen Sie Prinzessin Alicia nicht herum.
Ich weiß zwar nicht, was Sie in mein Zimmer geführt hat, aber solch ein Benehmen ist nicht gerade lobenswert ...

キィ
Klatter
H...
Hmpf!
Willst du mich etwa belehren, Azur?!
Ich führe sie nicht herum!!
Ich zeige ihr nur das Schloss.
Mufulm.
Und mein Zim-mer?
S... Sei still! Ich bin der zukünftige König!!
Es gibt nichts, was mir verbo-ten ist!!!
Ich ...
Ähm, es war meine Idee ...
Da Sie der Kron-prinz sind ...
... sollten Sie ver-nünftiger handeln.
Ich habe gehört, Sie schwänzen Ih-ren Unterricht für Schwert-kunst?
Das ist nicht sehr ...

Sei still!!
Mu-fulm!
ダッ
Tapp
Wenn du meinst, dass ich nicht geeignet bin …
… dann werde du doch König!!!
…
Nun gut.
Ich rufe die Dienstmädchen, um dich abholen zu lassen …
Voll-idiot!
Klatsch
Es ist alles meine Schuld!! Warum hörst du ihm nicht zu?!
Du bist doch sein älterer Bruder!

Mu-fulm!
はっ
Schreck
Hey, warte!
Wo willst du hin?!
Hah はふ
Hah はふ
Lass mich in Ruhe!!
Hah はふ
Geh weg!!
Hah はふ
Hah はふ
Hah はふ

Hier ist es gefährlich. Komm her!
Nein, geh weg!
I... Ich bin sowieso nicht ...
Wah !!
Mufulm!

Uh …
Ah …
Hick …
Uh …
Seufz …
Hm?
Autsch.
?
Oh?
… Ähm …
Sind wir runtergefallen? Gut, dass wir noch leben …

Gott sei Dank!!
Du warst so lange ohnmächtig ...
Ich dachte schon, du wärst tot!
Ha ha! Offenbar bist du auch unversehrt!
Bröckel
Hmm
Wir sollten besser warten, bis uns jemand findet.
Hier kommen keine Wachen her, weil der Brunnen schon lange nicht mehr benutzt wird.
Ich hab ganz laut gerufen, aber es hat mich niemand gehört ...
Hatschi!
Brrr

Wa... Wa... Was machst du da?!
Schön warm, oder?
Wenn einem kalt ist, muss man sich nur fest in den Arm nehmen.
Im Ernst?
Du bist echt komisch, Alicia!
Wir müs-sen warten, bis Hilfe kommt.
Hilfe ...
...
Aber viel-leicht ...
... kommt gar keine Hilfe.
Was redest du da?
Du bist doch der Kronprinz. Der ganze Palast wird in Aufruhr sein und nach dir suchen!
Meine Mutter viel-leicht, aber die anderen ...?
Schließ-lich bin ich nicht so toll wie mein Bruder ...

Ganz im Gegenteil ...
Er ist klug, kann gut mit dem Schwert umgehen, wird von allen respektiert ...
Eigentlich hätte er der neue König werden sollen ...
Du bist der Kronprinz.
Nicht Azur, sondern du wirst über dieses Königreich regieren.
Prinz Mufulm hat kein Talent.
Zudem ist er kränklich und schwach.
Aber wir müssen auf die Königin hören ...
Alle sind der Meinung, dass Azur der Kronprinz sein sollte.
Ich bin schließlich nicht wie er ...

Das Leben eines Prinzen scheint härter zu sein, als ich dachte ...
Er zerbricht sich den Kopf über diese Dinge, weil die Leute so viel über ihn reden ...
Dabei ...
... kann es doch so simpel sein.
...
Mufulm, du magst deinen Bruder sehr, hab ich recht?
Schüttel
ぶん
ぶん
Schüttel

Als wir uns begegnet sind, hast du sicher Azur gesucht.
»Wenn ich seine Schwäche kenne, können wir uns vielleicht besser verstehen.«
»Es war schön, Azur auf seinem Zimmer zu besuchen.«
»Irgendwie kann ich mich ihm gegenüber nicht öffnen.«
Als Azur das Regiment geführt hat, sah er so gut aus …
… dass du dachtest: »Ich möchte so werden wie er.«
Nick

Ha ha!
Dann frag ihn doch, ob er dir was beibringt!
Hab etwas Mut.
Aus dir wird sicher ein guter und warmherziger König.
Du bist wirklich komisch, Alicia ...
Ich bin ganz normal (im Slum).
Wird Azur nicht Nein sagen?
Dann suchen wir halt seine Schwäche und erpressen ihn!
Du hast aber Ideen!

Apropos, kommt es mir nur so vor oder steigt der Wasserpegel?
Das kann nicht sein.
Dieser Brunnen ist lange ausgetrocknet ...
PLOPP
PLOPP
PLOPP
Oh nein!!
Hilfeeee!!
PLOPP
PLOPP
PLOPP

Ist alles in Ordnung, Alicia ...?
Es tut mir leid, dass ich so mollig bin ...
Keine Sorge, alles gut!
»Mollig«, sagst du? Das ist ein wenig untertrieben!
よた Wank
よた Wank
Um ehrlich zu sein ...
Ich hab kein Gefühl mehr in den Beinen ...
Mein Kopf ist schwer ...
... kippe ich bald um.
Aaah! Komm doch wer!
Azuuur!
Seufz ... Hick ...
Ich ...
Ich werde ein braves Kind sein!
Und nicht mehr so viel naschen!
Wank よた
よた Wank
Oh Mann, warum passiert uns das ...?

Es ist alles seine Schuld!
Seinetwegen sind wir in dieser Lage ...
Azur! Du Dummkopf !!
Mistkerl! Entführer! Verbrecher!
Du Vollidiooot!!!
Er braucht mich doch unbedingt, oder etwa nicht?!
... und hilf uns!!!
Glaub bloß nicht, du kannst alles mit deinem guten Aussehen wettmachen!
Dann komm endlich her ...

Wer bitte ist ein Voll-idiot ?

Wie es aussieht, liebst du es, im Wasser zu spielen ...
Kommst du mit hoch?
Ja, klar.
Oha! Mein Körper ist so kalt ...
... dass er sich nicht rührt.
Grins
ガチ
Zitter
ガチ
Zitter
ガチ
Zitter
Hah
はあ

Wah!
Hilfe!
Ich schwebe!!
Los, schling die Arme um meinen Hals.
Sonst wackelt es zu sehr.
Ah...
Ähm ...
Es muss kalt gewesen sein im Wasser.
Danke, dass du ...
... Mufulm geholfen hast.

Dodomm
Ich weiß, er ist kein schlechter Kerl ...
Der kleine Prinz ...
... hat ihn schließlich so lieb ...
Schön warm ...

B...
Bruder!
Ich ...!!
Also ...
Ähm ...
Äähm ...
Blick
ちらっ
Was ist? Deine Mutter macht sich große Sorgen.
Geh schn...
Bitte bring mir bei, wie man mit dem Schwert umgeht!!

...
Nick Nick
Du kannst jederzeit zu mir kommen.
Aber ich bin streng, denk daran.
Hier entlang.

Das kam überraschend.
Hier!
Flapp
...
Ich dachte immer, er will mich nicht sehen ...
Seine Gefühle muss man in Worte fassen.
Sag mal, gibt es auch etwas, was du nicht gut kannst?
Nicht, dass ich wüsste.
Warum fragst du?
(Um dich zu erpressen.)
Die ganze Wahrheit
Um Mufulm aufzumuntern.
Die halbe Wahrheit
...
Viel zu groß

Mir fällt nichts ein ...
Aber Dinge, die keine feste Form haben, kann ich nicht leiden ...
Keine feste Form ...?
Du musst das nicht verstehen.
Aber ich will!
Oh!
Verstehe!
Keine feste Form ... Also ...

Geister!
Voll-kommen daneben.
...
Du meinst, Prinzessin Alicia ist bereits tot ...?
Noch gibt es keine Be-weise, aber ...
Aber diese blauen Augen ...
Wenn sie nicht die Prinzessin ist, wer ist sie dann ...?

NINA

DIE STERNE SIND DEIN SCHICKSAL

NINA

DIE STERNE SIND DEIN SCHICKSAL

Prinzessin Alicia, stimmt etwas nicht?
Ich hatte das Gefühl, beobachtet zu werden ...
Ha ha
Aber natürlich!
Alle bewundern Eure Schönheit.
Bitte grüßen Sie sie.
Prinzessin Alicia!
Was für schöne blaue Augen!
Das Sommerkleid steht Ihnen auch wunderbar!!

Heute scheint es sehr heiß zu werden.
Möge der Sternengott Sie stets beschützen.
Wow!
Wie hübsch und vornehm ...!!
In letzter Zeit sieht man sie oft im Palast.
Perfekt!
Wie schön Sie das gesagt haben!
Es ist kein Wunder, dass Sie für Aufmerksamkeit sorgen.
Ich habe aber das Gefühl ...
... dass das eine andere Art von Blick war.

[Vierte Nacht]

Der verlorene Name

はあ～
Aaargh
くあー
Oh Mann
Mein Zimmer ist der einzige Ort, an dem ich mich entspannen kann!
Es gibt keinen Ort, an dem du dich entspannen kannst.
Egal, wo du bist, musst du »Alicia« sein.
Noch kann ich dich nicht allein herumspazieren lassen.
Azur !!!
ムうッ
Grrr
Was sagst du da?! Du Trottel, der Angst vor Geistern hat!!!

Trottel?!
So schimpfen nur Kinder.
Bist du wirklich 15? Dein Körper ist so klein und flach.
Schön, dass Sie sich so gut verstehen.
Ich hab keine Angst von Geistern.
Ich komm nicht an ihn ran!
Warte nur, ich werd noch wachsen!
Dummbirne! Vollidiot!
Waaas ?!
Redet keinen Unsinn.
Wir verstehen uns ganz und gar nicht!
Ich hab mich nur an ihn gewöhnt.
Sie sind die einzige Person, die so mit Prinz Azur reden kann.
Im Ernst ?!
Ist das positiv gemeint?

Im Palast wird also auch das Sternenfest gefeiert ...
Es gibt hoffentlich kein Ritual, das ich als Sternenpriesterin ausführen muss ?!
Keine Sorge. Ich habe alle informiert, dass die Prinzessin, die den Priesterstand aufgegeben hat, ihre Rolle nicht mehr erfüllen muss.
Puh!
Ich dachte schon, ich muss tanzen oder so.
Hier.
Äh?!
Auch die Königsfamilie darf sich etwas wünschen.
Die Laterne ist für dich.
Ah ... Gut ...
Es ist so ungewohnt, wenn er nett zu mir ist ...

Azur!
Alicia!
Der König!!
Und die Königin!
Hmpf!
Bereitet ihr eure Laternen vor?
Ja.
Das macht mich nervös ...
Du wünschst dir doch nicht etwa den Thron?
Man kann nie wissen, was er sich denkt!
Ha ha! Red keinen Unsinn.
Azur ist ein verständnisvoller Prinz.
Diese ...
... verdammte Königin!!!

Wie schade ...
... dass ich dich nicht als Sternenpriesterin bewundern kann, Alicia.
Aber ich hoffe, dass du das Fest genießt.
Der König ist so nett !!!
Prinzessin Alicia, möchten Sie nicht doch für uns tanzen?
Nein, absolut nicht!
Das ist doch ein schlechter Scherz, oder?!
Also dann, wir sehen uns am Tag des Sternenfests.
?
Die Königin ist immer gemein.

Ab und zu könntest du sie doch auch mal beschimpfen.
Ich hab nichts gegen sie.
Sie ist mir sogar eher sympathisch.
Waas?!
Sie spricht immer offen und ehrlich ...
... und man weiß, woran man mit ihr ist.
Sagt offen ihre Meinung
Schlimmer finde ich viel eher Leute, die ...
...
Also ...
Im Königspalast und auch sonst wo gibt es nicht viele Menschen, die so unkompliziert sind wie du.
Du machst dich über mich lustig, oder?!
Fauch
Nein! He! Pass auf!
Deine Laterne fällt runter.
Oh ...
Hoppla!

Nanu?
Nimmst du keine Laterne mit?
Nein, das ist schon okay.
Ich hab keine Wünsche mehr ...
Hat er nichts, was er sich wünscht? Oder sind seine Wün-sche schon in Erfüllung gegangen?
Hm ...
Ich freu mich gar nicht auf das Sternen-fest.
Warum? Weil du noch erkältet bist?
Du soll-test dich gesünder ernähren, Mufulm.
Mampf
Mampf
Mufulms Naschis

Ich bin schon längst gesund!
Mutter macht sich nur zu große Sorgen.
Ach so.
もぐ Mampf
もぐ Mampf
Hör zu, Azur soll als Kind auch oft krank gewesen sein!
Sogar öfter als ich!!
Aha
Nein, was ich meine, ist ...
Nur einen halben Monat nach dem Fest ...
... wirst du doch heiraten und von hier wegziehen, Alicia.
Ach ja.
Das stimmt!
Ich werde ja heiraten!
Hatte ich vergessen ...
Na ja, wir werden uns trotzdem sehen können, wann wir wollen ...
I... Ist dir klar, dass du den Prinzen von Galgada heiraten wirst?!
?!
Und nasch nicht so viel von meinen Süßigkeiten!

Galgada ist zwar unser Nachbarland, liegt aber hinter den nördlichen Bergen.
Über Land muss man weit um die Berge herumwandern ...
... und auch mit dem Schiff dauert es mehrere Wochen dorthin!
Königreich Galgada
Königreich Fortuna
Mehrere Wochen?! So weit?!
Ursprünglich war Galgada ein kleines Land an der nördlichen Spitze des Kontinents.
In den letzten Jahren hat es sich rasant Richtung Süden ausgedehnt.
Daher gehört der Norden nun zum Großteil Galgada.
Ach so.
»Ach so«?! Reiß dich mal zusammen, Alicia!
Galgada ist ein gefährliches Reich!
Das wusste ich nicht.

Außerdem ...
... hört man viel Ungutes ...
... über ...
... den Kronprinzen von Galgada.
Wenn Urgroßvater nicht schwer krank wäre, hätte er dir sicher geholfen ...
Ich mach mir Sorgen um dich.
Vielleicht wünsche ich mir, dass du nicht heiraten musst ...
Wie süß!
Drück
A...
Alicia!
Lass mich loos!

Das Königreich Galgada ist also so weit entfernt ...
Das bedeutet ...
... ich werde sie nicht mehr sehen können.

Schmerz
...
Oh, Prinzessin Alicia!
Sind Sie alleine?
Wer ist das?
Ich kenne ihn ... ... von irgend-woher.
Sie sind doch im Sternenpalast aufgewachsen. Kann es sein, dass Sie das Fest noch nie in der Stadt erlebt haben?
Es hat einen ande-ren Charme als das Fest im Königs-palast.

Ich weiß!
Poff
ポン
Er war gestern mit dem König unterwegs!!
Der Typ, der den üblen Witz gemacht hat!
Wollen Sie nicht für uns tanzen?
Schade, dass Sie nicht aus dem Königspalast kommen.
Waaas ?!
In der Tat.
Aber wissen Sie, auch die Königsfamilie besucht ab und zu heimlich die Stadt.
Es ist zwar schwer, in den Palast hineinzukommen ...
... aber einfach, aus ihm herauszuschleichen.
Zum Beispiel ...
Flüster
...

Im Palast findet heute ein Bankett statt.
Niemand wird es bemerken, wenn Sie für einen kurzen Augenblick verschwinden.
Viel Glück!
Prinzessin Alicia!
Bitte warten Sie auf uns!
Wer war das ...?
So, gehen wir.
Es gehört sich nicht für eine Prinzessin, allein herumzulaufen.
Träum
ぼーっ
Prinzessin Alicia, stimmt etwas nicht?
Prinzessin?
...

Man kommt nach draußen ...?
Ich hab mir nie vorgestellt, in die Stadt zu gehen ...
Aber was ...
Nach draußen ...?
... soll ich in der Stadt machen?
Nina ...

Oh!
Es gibt Gerüchte, dass hier ein Waisenkind gewohnt hat ...
... mit blauen Augen und etwa im selben Alter.
Hast du im Sternen-palast nach-gefragt?

Die Leute im Sternenpalast haben sich nichts anmerken lassen ...
Daher schlage ich vor, sie zu verfolgen, sobald sie sich in die Stadt begibt ...
Wenn deine Auskunft stimmt, wird das recht spannend.
Der große König ist schwer krank und hat so gut wie keinen Einfluss mehr ...
Das können wir ausnutzen, um den Prinzen zu schwächen ...
Nun gut, ich überlasse sie dir.
Ich gebe mein Bestes.
Und ...

Gib gut acht, dass der Prinz nichts bemerkt ...
Sie ist verschwunden?!
Ja, als wir ihr Zimmer für einen kurzen Moment verlassen haben ...
Man soll sie in der Kirche gesehen haben, aber ...
... wir wissen nicht, wohin sie gegangen ist.
Gestern war sie ... ... den ganzen Tag in Gedanken versunken.
Ah ...
Und sonst erinnert ihr euch an nichts ?
Seit wann hat sie sich so komisch benommen?
Da fällt mir ein, sie hat gestern ...

»Es gibt einen Geheimweg, der vom Palast zur Kirche führt.«
»In der Kirche finden Sie die Roben der Priester.«
»Und da Sie eine Sternenpriesterin waren, finden Sie bestimmt eine gute Ausrede, falls Sie dort jemand erwischt.«
»Von der Kirche aus gelangen Sie direkt in die Stadt.«
»Von da an ist es ein Kinderspiel ...«
Ich hab's ...
... wirklich geschafft!
Huh ふう
Huh ふう

Ich war schon lange nicht mehr hier.
Ich bin wieder daheim!!
Nina.
Nina.
Willkommen zurück, Nina.

Nina, heute ist das Sternenfest.
Weißt du schon, was du wir wünschen willst?
Der Sternengott soll dieselben blauen Augen haben wie du.
Was für ein Wunder.
Aber halten wir das lieber geheim, solange du noch ein Kind bist.
Nina.
Nina.
Nina. Unser Wunsch ist, dass du immer glücklich sein wirst.
Nina.
Du heißt also Nina.
Keine Angst! Ab heute wohnst du bei uns.
Ich bin Saji. Das ist mein Bruder Colin.

Seltsam, dass du dich als Junge ausgeben willst.
Du bist doch so hübsch.
Hey, ich hab eine Laterne gestohlen!
Nur eine, aber immerhin!
Was wollen wir uns wünschen?
Such du es dir aus, Nina.
Nina.
Nina, was würdest du dir wünschen?
Hey ...
... Nina.
Hah
はぁ
Hah
はぁ

Saji ...?
Hier ist niemand ...
Nirgend-wo ...

Das Mädchen »Nina« ...
... gibt es hier nicht mehr.

Hah
Hah
Hah
Pack
!!
Was hast du hier draußen zu suchen?!
Antworte mir gefälligst!!
...
Grr

Es ist alles ...
... deine Schuld !!
Du bist schuld!!
Du Idiot!!
Alle haben mich ver-lassen ...
... und ich ...
Uh ...
Hick ...
Uuh ...

Du hast doch gesagt ...
»Du wirst heute sterben«.
Ich bin halt kein helles Köpfchen.
Darum dachte ich, du meinst damit, dass ich die Prinzessin spielen werde.
Aber das war falsch.
Ich werde wirklich sterben.
Ich werde in ein fernes Land ziehen ...
Und es wird niemanden mehr geben, der »Nina« kennt.
Das Mädchen »Nina« wird es nicht mehr geben.
Nein ...
Schon jetzt ist »Nina« tot.

Weil es niemanden mehr gibt ...
... der mich »Nina« nennt.

»...«
»...«
Ich kann mich nicht mal an ihre Gesichter erinnern.
Dieser Name ...
Von heute an ist dein Name ... ... Azur Ces Fortuna.
Der Name ...

Jetzt, da Prinz Mufulm geboren ist ...
... wird seine Exis-tenz nicht für Unheil sorgen?
Wie erbärm-lich.
Könige tun und lassen, was sie wollen ...
Ist das wirklich in Ord-nung?
Sind Sie sich bewusst ...
... dass Sie damit ein Ebenbild Ihrer selbst erzeugen?
Nein ...
Ich wollte doch nur ...

はっ
Schreck
ビュッ
Wusch
Was ...?
Argh!
Was ist los ...?!

Nein ...
Hilfe!

Was ?!
Ah!
Ich hab keine andere Wahl ...
Blick
はっ
!!
Hah !!
?!
Azur !!!

Aaah
あっ…
Oh!
Dieser Mann ...
Ver-
stehe.

Ich wusste es!
Sie ist nicht die echte Prinzessin ...
Mich interessiert nicht, was genau du vorhattest.
Denn du wirst hier sterben.
Prinz Azur!
Du Thronräuber ...!

...
Oh!
Er blutet ...!
Bist du verletzt?!

Es ist nur ein Kratzer.
Nur wegen mir ...!!
Hör zu, es ist nicht deine Schuld.
Diese Typen hatten es nämlich auf mich abgesehen.
Herrgott, wie voreilig ...
Hey.
Deine Wunde schmerzt, nicht wahr?!
Flüster
Naivling ...
Los!
Hä?
Ich werde dir nicht folgen.

Geh, wohin du möchtest.
Was ...
Was hat er plötzlich?
Nur, weil ich das vorhin gesagt habe? Nimmt er mich tatsächlich ernst?
Ich dachte ... du kommst in Schwierigkeiten, wenn ich nun verschwinde.

Das bekomme ich schon in den Griff ... Also geh, bevor ich es mir anders überlege ...
Wenn du dir ein neues Double suchst ...
... ist es doch wieder das Gleiche.
Du meintest doch mal, dass du meine Hilfe brauchst.
Ist das noch immer so?
Ja.
...
Dann ist es in Ordnung.
Vorhin hab ich nur meinen Ärger an dir ausgelassen.
Als du mich entführt hast, hatte ich sowieso bereits niemanden mehr, der meinen Namen nennt.

Du hast gesagt, dass du mich brauchst.
Darum ...
Ich vergebe dir ...
... und sterbe für dich.

Ich weiß,
dass du nicht
Alicia bist.

Nina.
Wenn wir unter uns sind, werde ich dich so nennen.
Lieber Sternen-gott ...

Falls ich einen Wunsch frei hätte, wünschte ich mir …
… jemanden, der mich von Herzen liebt.
Nur noch einen halben Monat …
Aber wieso …
… tut mein Herz so weh?
Fortsetzung folgt in Band 2

Nina

Die Sterne sind dein Schicksal

Was dazwischen passiert ist, erfahrt ihr im nächsten Band!!!

Vielen Dank, dass du diesen Manga in die Hand genommen hast! Bisher habe ich Manga gezeichnet, die in der Meiji-Ära (1868–1912) oder in der Showa-Ära (1926–1989) spielen, aber die vorliegende Geschichte handelt von einer Fantasywelt. Von klein auf habe ich Fantasy-Geschichten geliebt. Nun ja, es gibt sowieso kaum Genres, die ich nicht liebe!
Als ich beschloss, eine Fantasy-Geschichte zu zeichnen, stellte ich mir etliche Fragen hinsichtlich Kultur, Sprache und anderer Details. Da die Geschichte allerdings keinen historischen Hintergrund hat und es in ihr nicht hauptsächlich um Kultur geht, lasse ich da absichtlich etwas Freiraum.
Weil die Protagonistin sich anfangs als Junge ausgab, waren einige Leser anscheinend etwas irritiert, ob sie nun wirklich ein Junge oder etwa transgender sei ... Sie ist ein Mädchen! Dementsprechend wird sich ihr Verhalten auch nach und nach verändern.
Immer, wenn ich einen Shojo-Manga zeichne, hoffe ich, dass er Menschen mit dem Herzen einer Shojo berührt, egal wie alt man ist und welches Geschlecht man hat. (Auch Männer haben das Herz einer Shojo! Auch wenn sie älter werden! Da manche dieses Herz im Laufe des Lebens verlieren, ist es meiner Meinung nach etwas, worauf man stolz sein darf!)
Ich hoffe, dass dir diese Geschichte gefällt.
Wenn ja, freue ich mich, dich im nächsten Band wiederzusehen.

Rikachi

Assistant

Hintergrunddesign / Hintergrund: Mitsumata
Kostümdesign / Kostüme / Hintergrund: Ishikawa
Nachzeichnen der Konturen etc.: Chiemi
Ausarbeitung: Mikan

Noch ein halber Monat bis zur Heirat im Königreich Galgada ...
Ihre Gefühle werden von Tag zu Tag größer ...
Wenn es dem Königreich dient ...
... und es sein Wille ist ...
... macht es mir nichts aus, ausgestoßen zu werden.
Aber wozu ...
... bin ich dann ...
Die Vergangenheit von Azur wird enthüllt ...
Band 2 ist bereits erschienen.

Das Rad des Schicksals dreht sich weiter für Nina und Azur!

Nina - Die Sterne sind dein Schicksal

Fantasy 13 +

Die Legende von Azfareo

Shiki Chitose

Im Schloss des Königreichs Azfareo haust ein fürchterlicher Drache. Rukul wird auserwählt, ihm zu dienen. Das aufbrausende Temperament der Bestie verschreckt sie zunächst, doch sie bemerkt schnell, dass sich hinter seiner rauen Schale eine sanfte Seele verbirgt. Jedoch rankt sich um den Drachen und den verschwundenen König noch ein großes Geheimnis ...